ワーズワス詩集　3
短編物語

ワーズワスとコールリッジ作
『抒情民謡集』（一八〇〇）第二版

原田俊孝　編訳

大阪教育図書

はじめに

一八〇〇年（正しくは一八〇一年一月）に出版されたワーズワス（William Wordsworth, 1770-1850）とコールリッジ（S. T. Coleridge, 1772-1834）作『抒情民謡集』（第二版）は、二冊からなる。ここで取り上げるのは前回と同様、その二冊目からの翻訳である。訳者はこれまで『ワーズワス詩集』として出版してきたため、あえてコールリッジの詩を取り上げなかった。今回の『ワーズワス詩集３』も同様である。

『抒情民謡集』には、一七九八年版（初版）、一八〇〇年版（第二版）、一八〇二年版、一八〇五年版、一八一五年版、一八二〇年版[1]がある。版を重ねる度に増補・補遺・改訂されている。一八二〇年版を最後に『抒情民謡集』は廃刊となり、その名称は消える。一八二四年にワーズワスは『抒情民謡集』の作品を分割して、'Poems Written in Youth'、'Poems Referring to the Period of Childhood' などと分類し『ワーズワス詩集』全四巻を最初に出版する[2]。さらに詩を加えて、現在は全七巻に及ぶ。

彼は初期に書いた詩から晩年の詩に至るまで訂正し続けた。新版を出版するたびに訂正し、また出版するといったぐあいである。そのために、彼の思想を年代順に研究する人たちは大変苦労する。何年版の『詩集』を読むかによって内容が微妙に違ってくるからである。研究者は初版本を読みたいが、なかなか入手困難である。訳者は『抒情民謡集』を含め、各巻に出版された初版本をできだけ購入するようにしている。

最後に、「参考」として取り上げた「ティンタン僧院」（"Tintern Abbey"）は、『抒情民謡集』初版（一七九八年）からの翻訳であるが、「物語詩」ではない。だが彼の思想が顕著に表われているので、その「人となり」を知るためにあえて取り上げた。

二〇二三年（令和五年）十二月八日

八十二歳を記念して

原田 俊孝

注

1.『抒情民謡集』(London: Printed for Longman, Hurst, Rees, Orme, and Browne, 1820)、全二巻。

2. *The Poetical Works of William Wordsworth* (Boston: Published by Cummings, Hilliard & Co. ; Hilliard and Metcalf, Printers, 1824), 全四巻。

凡例・略記

人名・地名の英語表記は初出のみ記入する。頁数は算用数字とする。

〔　　〕は訳者の説明である。

・　・　・　・

PW——*The Poetical Works of William Wordsworth*, ed. Ernest de Selincourt and Helen Darbishire, second edition Oxford: ClarendonPress,1952-1959), 5 vols.

上島——上島建吉（解説注釈）、『リリカル・バラッズ』（研究社小英文叢書、1993-1995）、3 vols.

Moorman, I——Mary Moorman, *William Wordsworth, A Biography, The Early Years 1770-1803* (Oxford: Clarendon Press, 1965).

Reed——MarkL. Reed, *Wordsworth: The Chronology of the Middle Years* (Cambridge, Massachusetts: Harvard University Press, 1975).

目次

1

「ルーシーのうた」（「ルーシー詩篇」）

"Lucy's Songs"

（一）

「何とも言えない胸騒ぎがしたことがある」

"Strange fits of passion I have known"（初行）

何とも言えない胸騒ぎがしたことがある、
その時起こったことを、
恋を知っている者だけに語ろうと
私は思う。

私の愛した彼女を
いつ見ても六月のバラのように美しいと思えた頃、
私は夕暮れの月をいただきながら、
彼女の家へと出かけて行った。
広い牧草地を越えながら、
私はじっと月を見つめていた。

4

馬は行きなれた道を
とぼとぼと歩いて近づいて行った。

今、果樹園の所まで来て、
丘を登って行くうちに、
月はルーシーの家の屋根の方へと
沈んで行った。

やさしい自然の温かい恵みの
甘い夢をみて夢見心地だった！
しかし、その間ずっと、私の眼は
沈んでゆく月を見つめていた。

馬は蹄（ひづめ）の音も高らかに歩み続けた。
馬は休みもしなかった。
やがて月はその家の屋根の向こうに
沈んで行った。

恋する者の頭には
何と他愛ない気まぐれな思いが浮かぶことだろう――
「ああ！　ルーシーが死んでいたらどうしよう！」
私は独りそう叫んでいた。

詩形：Ballad meter (abab)

（二）

「太陽と雨を受けて彼女は三年間育った」

"Three years she grew in sun and shower"（初行）

太陽と雨を受けて彼女は三年間育った、
その時、自然は言った、
「こんなに美しい花が地上に咲き出たことはなかった。
この娘を私の元に引き取って、
自分の子として、
私好みの淑女に育てよう。

かわいい娘のために、
私自身が規律を守り、感覚を研(と)ぎ澄まして、
岩山で、平原で、
地上で、天上で、空地(あきち)で、木陰(こかげ)で、
感情を燃え立たせ、抑制する力を
この娘に感じさせよう。

草原を小躍(こおど)りしながら走り回り、
山を駆ける小鹿のように、
この娘を遊び回らせよう、
さらに香(かぐわ)しいそよ風も、
物言わぬ生なきものの沈黙も平静も

10

8

この娘に見させよう。

空の浮雲は悠々（ゆうゆう）とした姿をこの娘に示し、
柳の動きを通してこの娘にしなやかさを教え、 20
嵐の中でさえ
言わず語らずのうちに
この娘の姿である美しさ[1]を
この娘にさせよう。

真夜中の星もこの娘に親しみをもたらせよう、
そして小川が渦（うず）を巻いて流れる
たくさんの秘密の場所で、

耳を傾けさせよう、
そしてせせらぎの音の美しさを
この娘の顔に浮かばせよう。

生き生きとした喜びの感情が
この娘を気高い姿に育てあげ、
乙女の胸をふくらませよう、
そういう考えを私はルーシーに授けたいのだ。
彼女と私は一緒に
ここの、この幸せな谷間（たにあい）に住みたいのだ」

自然はこう語り――その仕事をやりとげた――

ルーシーの生涯[2]は何と早く終わったことか！
ルーシーは死んだ、私に残したのは、
このヒースの荒野、この平穏で静かな風景、
かつてあったが、今はもうない思い出だけだ。　40

詩形：6行詩 Sextet. Iambic tetrameter で、3、6行が trimeter (aabccb)

注

1（23行）．「美しさ」――A beauty. 一八〇五年版から「優雅さ」（Grace）と改訂されている。

2（38行）．「ルーシーの生涯」――Lucy's race. ワーズスは「死後の世界」を「第一の世界 First Race」（Spiritual World）と、この世を「第二の世界 Second Race」（Physical World）と考えていた。従って、ルーシーの死は「第一の世界」へ旅立ったことになる。（拙著『ワーズワスの自然神秘思想』、南雲堂、282～286頁を参照）

(三)

「うた:彼女は人里離れたところに住んでいた」

“Song”: “She dwelt among th' untrodden ways” (初行)

彼女はダブの泉のそばの
人里離れたところに住んでいた、
ほめる者は一人もいなかった
愛する人もいなかった。

苔むす石のそばで

12

人目に隠れて咲く菫よ！
――夜空に輝いている
一つの星のように美しい！

人知れず生きたルーシーが、
この世をいつ去ったか、知る人もいない。
けれど彼女は墓にいる、
ああ！　この世がすっかり違って見える――私には。

詩形：Ballad meter (abab)

（四）

「私は見知らぬ人々の中を旅した」

"I travelled among unknown men"（初行）

私は見知らぬ人々の中を旅した
海の向こうの大陸[3]を。
イギリスよ！　お前をどれほど愛していたことか、
その時はじめて私は気付いた。

あれは昔のこと、あの悲しい夢よ！

14

私はもう二度と
おまえの海岸から立ち去ろうとは思わない。
なぜならお前が益々いとおしくなってきたからだ。

イギリスの山の中で、
私は待ち望んでいた喜びを心に感じた。
そしてイギリス風の暖炉のそばで
私が好きだった彼女は糸車を回していた。

ルーシーが遊んだ木陰（こかげ）を
イギリスの朝は表わし――イギリスの夜は隠した。
そしてルーシーがこの世の最期に見た緑の野原も

イギリスの野原であった。

詩形：Ballad meter (abab)

注

３（２行）．「大陸」――ワーズワス、ドロシー、コールリッジ、チェスターの四人のドイツ旅行を指す（一七九八年九月十六日～一七九九年四月二十一日、ただし、コールリッジとチェスターは七月下旬に帰国）。この詩はドイツから帰国後の一八〇一年四月二十九日に書かれたので、『抒情民謡集』に収録されていない。一八〇七年の『詩集』（*POEMS*, London: Printed for Longman, Hurst, Rees, and Orme, Paternoster-Row）、二巻本の一冊目に掲載されている。他の四篇は、すべて一七九九年にドイツのゴスラー（Goslar）で書かれた。『抒情民謡集』に収録されている。

（五）

「眠りが私の魂を封じた」

“A slumber did my spirit seal”（初行）

眠りが私の魂を封じたので、
人間らしい恐怖感はなかった。
地上の歳月の流れを感じないものに
乙女はなっていると思われた。

彼女にはもう力もない、

見ることも聞くこともない、
地球の日ごとの運行につれ
岩と共に、石と共に、木々と共に彼女は回っている！[4]

詩形：Ballad meter (abab)

注
4.「彼女は回っている！」――「アニミズム」(animism) 思想。（拙訳『ワーズワス詩集2』、8頁を参照）

解説
「ルーシーのうた」の中で題名の付いている詩は一篇（"Song"）だけで、他四篇は題名がなく、詩の初行から始まる。五篇すべてを合わせて「ルーシーのうた」・「ルーシー詩篇」以外に、「ルーシー詩群」とも言う。ルーシーとは誰なのか。彼女は実在の人物を指すのではなく、それを超えた理想の女性であるというのが今では定説になっている。（拙訳『ワーズワス詩集2』、9頁を参照）

2

「のんきな羊飼いの少年たち、あるいはダンジョン渓谷の滝、牧歌」

"The Idle Shepherd-Boys, or Dungeon-Gill Force,* A Pastoral"

＊〔原注〕ギル（Gill）はカンバーランド（Cumberland）とウェストモアランド（Westmoreland）の方言で、短かく、たいていは険しく狭い渓谷の意味で、そこを通って小川が流れている。フォース（Force）は滝という意味の方言で一般的に使われている。

I

谷間には鳥の鳴き声が響き渡っている、
山はこだまし
五月の訪れを歓迎して
決して、決して終わることはない。
カケスは喜びでさえずっている。

山のワタリカラスの雛（ひな）たちは
母と巣から離れ、
自分で餌を探（さが）そうと、
東へ西へと飛び回り、
輝ける水蒸気の中を
気まぐれに矢のように飛んで行く。

10

Ⅱ

二人の少年は
岩の下の草原に座って日向ぼっこをしている。
する事がないのか、
それとも仕事が終わったのか。
オオカエデの笛で
クリスマスの聖歌の一部を吹いて遊んでいる、
私たちの谷では、使い古した帽子に
「鹿の角」とか「狐のしっぽ」という草で
飾りを付け、
羊飼いたちは幸せそうに
時を過ごしていた。

Ⅲ

川岸の石の淵で
カワ雲雀(ヒバリ)が楽しそうにさえずっている。
ツグミは森の中で忙しく動きまわり、
甲高いで声で鳴いている。
岩の上にいる何千もの仔羊が、すべて産まれたばかりだ！
大地も空もお祝い騒ぎだ、
緑の飾り帽子をかぶった少年たちには、
鳥の鳴き声が全く耳に入らない、
あの悲しそうな叫び声！
その声はダンジョン渓谷の深い所から
丘の上に聞こえてくる。

Ⅳ

ウォルターは飛び跳ねながら言った。
「向こうの古いイチイの切株まで
競争しよう」――
言うが早いか、羊飼いたちは走って行った。
飛んだり跳ねたりしながら、
ダンジョン渓谷の向こう側に着いた時、
勝てないと思ったウォルターは
「止まれ!」と仲間に叫んだ――
ジェイムスはいやいやながら止まった。
その時、ウォルターは言った。
「僕らの仕事は羊飼いだ、半年も働きづめだぜ。

V

僕がいる所へ渡って来いよ、
眠ったり食べたりするなよ」[1]
ジェイムスは男らしく言われた通りにしょうと思ったが、
本当はしたくなかった。
ラングデイル峡谷へ行けば、
その場所を見ることができるであろう。
巨大な岩石が峡谷の割れ目に落ちこんで、
岩の橋となっている。
その下は深い溝になっており、
暗くて小さな滝つぼに
滝がどうどうと流れ落ちている。

Ⅵ

ウォルターは手に杖をもって
渓谷の上を進んで行った。
今や、眼と足に集中して、
アーチ型の岩の中ほどまで来た。
その時、おや！　悲しいうめき声——
また聞こえる！　心臓が止まりそうだ——
脈は乱れ、呼吸は止まり、
幽霊のように真っ青になって、
こわごわ下をのぞくと、
あの暗くぞっとするような割れ目の中の滝つぼに
仔羊が、閉じ込められている。

Ⅶ

仔羊は小川へ滑り落ちていたが、
打撲やケガもなく無事だった
急流でこの深い淵へと
流されて来ていた。
母羊はその仔羊が落ちるのを見た、
急流に流されて行くのも見た。
母の愛を込めて
険しい岩の上から
わびしい叫び声をあげていた、
仔羊は、まだぐるぐる泳ぎまわりながら
その悲しい声に応えていた。

26

Ⅷ

この悲しい鳴き声の主が
何ものなのかわかった時、
少年は元気を取り戻し、
見たままを相手に伝えた、と私は思う。
二人は今、すすんで遊びをやめた。
他(ほか)に助け舟が現れたからである——
賢者の本より小川を
はるかに愛している詩人[2]が
たまたまそこを通りかかった。
そこに、大きな岩に挟(はさ)まれ囲まれた
助けようのなさそうな仔羊を見つけた。

27　「のんきな羊飼いの少年たち、あるいはダンジョン　渓谷の滝、牧歌」

IX

彼は池からやさしく引き上げて、
明るい場所へ連れ出した
羊飼いたちは興奮して彼を見た
思いがけない光景だ！
羊飼いたちは仔羊を受け取って言った。
「怪我も傷もしていない」と――
それから険しい崖を急いで登り
母親のそばに置いてやった。
その時、詩人はのらりくらりしている羊飼いたちに
自分たちの仕事にもっと励むようにと、
おだやかに優しくさとしたのであった。

詩形：Eleven-line stanza で Iambic tetrameter が基調、
各連3、9行のみが trimeter

注

1（46行）．「眠ったり食べたりするなよ」――この部分は、第四章の「兄弟、牧歌」（448行）にあるレナッドの弟が「眠っているうちに」死んだ場面を想像してワーズワスが書いたと思われる。一八〇五年版以後、この詩は相当の部分を修正・変更されている。

2（85行）．ワーズワス。

解説

Pastoral は「田園詩」とも訳す。

3「オークの木とエニシダの木、牧歌」

"The Oak and the Broom, a Pastoral"

さらさら音を立てながら流れる小川のそばで、
アンドリューは素朴な話を集めた。
森や山の中で
詳細に調べたこともあった。

森の中を風が通り抜け、
雷鳴がとどろき渡る冬のある夜、
アンドリューは一番小さい子を膝にのせていた。
他の少年たち、血色のよい聖歌隊が
燃える暖炉を囲んで座っていた時、
羊飼いのアンドリューは次のような話をした。

嵐が打ち付けるような
切り立ってそびえ立つ高い岩があったよね！
その岩のてっぺんにはオークの木が生えていたんだ、
その下にはエニシダの木が生えていたんだ。
時は三月、心地よい昼間だったね――

32

六月のいい香りのする雪解け風が
暖かい南西からやさしく吹いてきたんだ。
巨人とも、聖者とも見えるそのオークの木は
年（とし）相応の落ち着いた声で
下のエニシダの木に向かって話しかけたんだ。　20

「うっとうしい八週間、この山の背に沿って、
霜が、昼夜かまわず岩と土の中へ
ずっと降りそそいでいた[1]。
上の方を見てごらん、
君の頭上でどんな災難が降（ふ）ってくるかを考えておくれ。
昨夜（ゆうべ）もぽきんと折れる音を聞いたよ――

ほんとだよ、
折れた枝が向こうの道まで飛んでいっちゃったよ――
あそこにそれが見えるよ――
君には耐えられないほどの重さだよ！　30

まさにこの枝は私の運命かもしれませんね。[2]
どうして私には恐怖心が
しばしばやってくるのかなあ？
本当に人から好かれる木ではないのかしら！
春は私のために黄色い花と緑の葉の
花束を織ってくれるし、
それに、空から霜が降って来ても、

34

私の枝は非常に新鮮で陽気なので、
君が私の姿を見て、
この木は決して死なんと言うでしょう。

すべて緑と金色におおわれた蝶(ちょう)が
私の所へよく飛んできて、
自分の美しい翼を
ここ、私の花の中で眺めているよ。
草が雨・露で冷(こうり)つくと、
私の木陰の下で、
母なる雌羊は自分の仔羊を囲んでいるよ。
お互いに寄り添ってね、そして

35　「オークの木とエニシダの木、牧歌」

親子がひと固まりになる喜びを私は見ている。
それが私の喜びでもあるんだよ」

雌木のエニシダは陽気で、心は軽やか、
まだ話を続けたかったが、
ついに、夜の星が再び旅を始めた。
しかし、オークの木の枝の中で
今、二匹のワタリカラスが
愛を交わして楽しそうにカァカァ鳴き始めた。
と思うと、すぐに
そよ風が二匹の若い蜂を
私の緑の枝に連れてきて

そこで蜜を吸うためにぶんぶん音をたてていた。　60

ある夜、北から風が、
しかも激しい突風が吹いてきた、
明け方、私〔アンドリュー〕は勇気を出して
その崖（がけ）の近くを通り過ぎた。
嵐がオークの木をなぎ倒し
しかも巨大な一撃で、何度も渦巻いて
オークの木を遠くに投げ飛ばしていた。
その時、ちょうどよい裂け目ができて
小さなエニシダの木は心配なく
何日も生き残っているというわけだ。　70

詩形：Iambic tetrameter が基調、2、4、10行のみ trimeter (ababccdeed)

注

1 (22-23行)．「霜が……いた」——直訳すると、「霜がくさびを打ち込んだ」となるが、山「背」'edge' と「くさび」'wedge' と韻を踏ませるために 'wedge' とした。

2 (31行)．「私の運命かもしれせんね」とあるが、ワーズワスは「運命」の言葉から発想してか、一八一五年版から、大幅に加筆・修正している。

解説

エニシダの木は「ほうきの木」とも言う。

4

「兄弟、牧歌」
“The Brothers, a Pastoral”

〔原注〕この詩は一連の牧歌の結びの詩として作られたもので、この場面はカンバーランド（Cumberland）とウェストモアーランド（Westmoreland）の山中である。この詩の書き出しが唐突であることを申し訳なく思う。

「楽しいことだが！　この辺りの旅行者の中には、
夏の間じゅう、楽しそうに、
大地が空中であるかのように、
蝶がすばやく舞っているのを眺めている人がいる。
こちらでは、突き出た岩の先端に座って、
ノートと鉛筆を膝に置いて、
得意げに、眺めては描き、
描いては眺めている人もいる。
そんな暇があれば、元気な人なら十二マイルも歩けるし、
あるいは近くの小麦畑を一エーカーも刈れるのになあ。

しかし、ぶらぶらしているあの男は
あそこで、何をぐずぐずしているのだろうか？
――この墓地には墓碑銘も記念碑も、墓石も名前もなく、
芝生と土を盛った塚が
少しあるだけなのに」と、
エナデール[1]の素朴な牧師は、妻ジェーンに話しかけた。
七月の夕方であった。
古い家の軒下にある長い石に彼は座っていた、
その日はたまたま、冬支度をしていた。
妻もその石に座って、もつれた羊毛をほぐしていた、
彼がピカピカの針金で波状の二つの梳毛機(そもう)[2]から、
末娘の紡錘(ほうすい)に羊毛を入れてやると、

20

その娘(こ)が足を前後に踏んで
大きな紡ぎ車を回転させていた。
野原にぽつんと立っている教区の礼拝堂は、
苔むした塀に囲まれていた。
牧師は半時間ほど、不思議そうにその男をじっと眺めていたが、
ついに、腰を上げ、
自分が梳(す)いた山積みの
真っ白な羊毛のそばに、
その二つの道具をていねいに置いた。
それから、旅人の中の一人を見て、
家から教会の墓地へ通じる道を下りて行き、
そこでまだぶらぶらしている見知らぬ人に話したくなって

近づいて行った。

それは、昔よく知っていた羊飼いの若者だった。
十三年前に仕事を変え、
船乗りになった、その人だった。
そして二十年が過ぎた。
だが彼は山間(やまあい)で育ったので、
荒れる海の上でも心は半ば羊飼いの気分だった。
帆綱のひゅうひゅう——うなる音を聞いていると、
レナァッドは滝の音、洞窟や木々の音を
しばしば思い出すのだ。
熱帯の貿易風が張りつめた帆をはためかせ、

何日も何週間も風は吹き続けた。
船はいつの間にか速度を落とし
一片の雲もない大海原で、
退屈でどうしようもない時、
彼は、しばしば船の舷側にもたれて、
広い緑色[3]の波ときらめく泡を
じっとじっと見つめていた。
彼の心情と結びついて、
周りにさまざまな色や形を輝かせていくうちに、
激しい感情に心を奪われ、
下の大海原の表面に、
山々や緑の丘で草を食べる羊の姿、森の中の家々が、

44

自分の眼(まなこ)に浮かんだ、
彼自身がかつて着ていた灰色の服を
身にまとった羊飼いたちの姿を
見ていた[4]。
　　そして今　ついに
いろんな危険を冒して、
西インド諸島での貿易で多少の富を得て、
祖国へ帰って来たのである。

ここでまた生活を始めようと
固く決心して、

沢山の楽しい喜びのためと、
ただ一人の弟への愛のために、
どんな困難に出会っても、負けなかった。
悪天候だろうが、晴天であろうが、
羊飼いの兄弟として、二人が故郷の丘で過ごした、
幸せな時からの愛だった。
——二人は一族の末裔(まつえい)であった。そして、今、
レナァッドは自分の家に近づくと、気がめいった、
そこで彼はあんなにも愛した弟の消息を
尋ねる気にもなれず、
教会の墓地の方へ行った、
先祖が眠る場所がどの辺りか見当がついていたので、

まだ弟が生きているかどうか、
新しい墓が加えられているかどうかを、
知りたかった。
――別の墓があった、
そのそばに三十分もいたが、
見つめているうちに、記憶が混乱してきて、疑い始めた。
この土を盛った塚は見覚えがあった、
これは別の墓ではなく、忘れていた墓だった。
その日の午後、前からよく知っている野原を通って
この谷間へ上がって来た時、
道を間違えたのだ。
ああ！

80

90

記憶は今、何という喜びを彼の心に送ってくれたことか！
眼をあげ、周囲を見回すと、
森や野原のいたる所が不思議なほど変わっているのに気付き、
しかも永遠に変わらぬはずの丘や岩までもが
変わったように思えた。

その前に、牧師は野原を下りて行って、
レナァッドに気づかれないように、墓地の入口でちょっと立ち止まった。
それから、落ち着いて、
うれしそうに頭のてっぺんから足の先まで見つめた。
ああ、と牧師は独り笑いながら思った。
この幸せな男は、独りで好き勝手に生きるために、

48

愚かにもこの世の仕事を辞めた一人だから、
ずうっと休みなのだ、
何時間も空想に耽りながら、
野原をゆっくり歩きまわり、
頰（ほお）を涙でぬらし、顔に寂しげな笑（え）みを浮かべるうちに、
沈む太陽が彼の額（ひたい）に馬鹿者と書くだろう。
こうして、この善良な牧師は
この荒れた教会の墓地の入口の
アーチ型の小屋の下にじっと立って、
星が出るまで、独り黙想していたのであろう。
その時、見知らぬ男が墓場を離れて近づいて来た。
彼はすぐに牧師に気付いて、

挨拶を交わした後、レナァッドは牧師に話しかけて
初対面であるかのように、
次のような会話を始めた。

レナァッド

この谷間(たにあい)で静かな生活を送っていらっしゃいますね。
長い年月、穏やかな家族を作っておられます。
行くもよし、帰るもよしで、悲しみも、悩みも、お互いに
似たりよったりだから、思い出に残る間もありません。
この墓地ではお葬式は一年半に一度あるかないかでしょう。
しかしそれでも、あなたの心の中では
何か変化が起こったに違いありませんね。

ここに住んでいるあなたは、これらの墓石の中にさえ
死神をごらんになれるでしょう、
それに人生七十年とはいっても
人間だけが滅びるとは限りませんね。——
私はこの道をよく歩いていました、
何年も前、川沿いの畑に沿ってずっと
長い歩道があったのを覚えています、
——それが今はない——しかも暗い岩のあの裂け目！
私には当時の面影はなくなっているように思われます。

牧師

私が知る限り、

あの裂け目は全く変わっていないですが――

レナァッド

でも、確かに、向こうの――

牧師

ああ、なるほど、
あなたの記憶は間違っていないね。――あの高い峰に
(このあたりの山では一番寂しい所ですが)
並んで湧き出る二つの泉があった、
お互いに仲間になるために
作られたような感じだった。

52

十年前、あの二つの泉のあたりで、
大きな岩が落雷で裂け、
――一つの泉は消えてなくなり、
もう一つの泉はまだ流れています。
このような事故や変化は沢山ありますよ！
水が噴き出して、山の半分が崩れることもあります。
あなたのようにあちこち旅している人には、
一エーカーほどもあるあの広い崖が
ごうごうと流れる滝のように崩れるのを見ると、
さぞ楽しいことでしょう――
五月の猛烈な嵐が一月に積もった沢山の雪を押し流し、
一晩のうちに、四〇〇頭の羊が死んでカラスの餌となる、

あるいは羊飼いが岩間に挟まれて　160
不運な死に方をすることもあるのです。
氷は割れ、橋を押し流し——
森はなぎ倒される‥——それから私たちの家も！
子供が生まれて、洗礼を受け、
娘は女中奉公に出され、畑は耕され、
家には蜘蛛（くも）の巣が張り、古時計は新しい文字盤に代わった。
だから、年代記や日付けがないどころか、
私たちはみんな日記帳を二冊持っているんですよ、
一冊は谷間用と、
もう一冊はそれぞれの家の炉端（ろばた）用です。
君の判断はよそ者の判断だよ、　170

歴史家としてはこの谷間が一番良いですがね。

レナァッド

でも、失礼なことを言わせて頂きますと、
あなたの墓地は、過去のことを
記録していないように思われます[5]。
ここには墓標も墓の台座も、真鍮（しんちゅう）の碑名板もない、
この地上にいた証（あかし）であるドクロ印も、
死後の希望の象徴もない。
死者の住まいはあの牧草地と似かよったものです。

牧師

なるほど、それは初めて聞く考えだね。
イギリスの墓地がそんな風なら、
石屋はきっと乞食になってしまうでしょう。
でも、あなたの考えは間違っています。
私たちには名前も墓碑銘も必要ないのです、
炉端で死者の話をいろいろ語り合うからです、
それに、不滅の魂について、私たちがよくわかるように
話すから象徴なんか必要でないのです。
山間（さんかん）で生まれ、死んで逝（ゆ）く人にとっては
死は無理なく受け入れられるのです。

レナアッド

それでは、谷間(たにあい)の人たちは「次の世界(セカンドライフ)」の考えを
それぞれもっているのですね。なるほど。
それでは、これらの墓の歴史について、
いくらか由来を教えて頂けませんか？

牧師

私が見たことや、聞いたことを[6]、
多分話せると思います。
そして、冬の夕方、もしあなたが私の暖炉に座っていたら、
これらの塚を一つ一つひっくり返して、
二人で話をして不思議な世界を旅するとしましょう、

しかも、みんなは広い公道を歩んでいるのですよ。
ほら、墓がある――あなたの足が踏みつけているその墓は、
ただ永眠しているだけのように見えるが、
その男は失恋して死んだのだよ。

レナァッド

これはよくある話だが、
別の墓の話をしましょう。
あの三つの墓の最後の、
向こうの盛土(もりど)に埋葬されている人は誰ですか。
墓地の塀の中の自然石のすぐ隣にありますが。

58

牧師

あれはウォルター・ユーバンクです。
彼は八十歳でもかくしゃくとして、青年のように見え、
白髪だが血色のよい頬をしてぃた。
ウォルターの先祖は五代も続き、
向こうに見えるあの一軒家と
あの少しばかりの緑の畑など、
先祖伝来の家屋敷を受け継いでいた。
父も息子も一緒に、懸命に働いたが、
相変わらず貧しかった。
少し――ほんの少し――そして老ウォルターに
遺（のこ）されたものは家族への愛と、土地だったが、

土地からあがる収入より借り入れの方が大きかった。
毎年毎年老人はくじけないで、借金や利息や抵当と戦った。
だがついに彼は倒れ、思いのほか早く墓に入ってしまった。
かわいそうなウォルター！
死に急がせたのは気苦労のためだったのですか、
それは誰にもわからない。
最期まで彼はエナーデイルで一番足が速く、
彼の足取りは老人のようには見えなかった。
二人の孫を連れて軽快に下って行く姿が目に浮かぶよ。
――ところで、もしここの地主が今晩泊めてくれなければ、
あなたは遠く旅しなければなるまい、
しかも真夏の長い昼間に

険(けわ)しい道を行かなければならなくなるよ――

レナァッド

でもこの二人の孤児(みなしご)は！

牧師

孤児！　その通りだ――
だけどウォルターが生きている間はそうではなかった――
両親は今のように並んで埋葬されているが、
老人は少年たちの父親だった
一人で父親役を二度つとめたわけだ。
二人がいない場所で老人が彼らの話をして流す涙と

愛ゆえに感傷的になってよく出る涙とは、
多少とも母親の気持ちになれるならば、老境に入ったこの老人は、
子供たちにとって半ば母親役でもあった。
——知らない人が知らない人たちのことを話すのを聞いて、
あなたは泣いておられるのだから、
もしあなたが身内の人だとすればさぞ大変でしょう！
そうだ、そちらへ行ってみましょう——それは
一見すべき墓ですよ。

レナァッド
　この少年たちは
お人好しのこの老人を愛していたのでしょうね——

牧師

そうです——その通りです、
だが言い忘れていたのですが、
二人はとても仲良しでした。
二人は生まれた時からウォルターであり、
たった一人の血縁の老人と一緒に住んでいたが、
この老人に対して、二人とも思いやりの心をもっていた、
そしてそのすべてをお互いの心の中に注いでいったのです。
レナァッドは、ちょうど一年半の年長で、
身長は二歳分も高かった。
私は二人に出会たり、見たり、聞いたりするのが楽しみだった！
家から学校まで、三マイル足らずであったが、

あなたも気付いているように、
百歩で道を横切れる水の流れや橋のない小川が　270
嵐や雪どけで、増水して、ごうごうと音を立てて流れる時、
年上の少年たちが家にいるのに、
レナァッドは弟を背負って浅瀬をよろめきながら渡ったものだよ。
——ああ、いつもと違う風の強い日、
あの曲がりくねる小川の中で
彼の脚が半分浸っているのを、
私は何度も見たことがある、
二人の本をこちら側の乾いた石の上に置いてね。
——私たちみんなの岩や山を眺めながら、
かつて私はこう言ったことを覚えている、　280

この世という偉大な本[7]を作った神は
お恵みを授けて下さったのであろう――と。

レナァッド

その時はそうだったのでしょう――

牧師

これほど立派な若者たちがイギリスで暮らしたことはなかった。
秋のすばらしい日曜日に、
真っ白に熟した木の実[8]が鈴なりになっているにもかかわらず、
この二人の少年は必ず教会へ来た。
安息日に来なかったことはなかった。

レナァッドとジェイムスよ！　これは確かなのだが、
岩と岩の間のすべての角も
また歩いて行けるすべての窪んだ場所も
この少年の二人とも、あるいはどちらか一人は知っていた、
そこに咲く花を同じように知っていた。
二人はノロ鹿の牡(オス)のように丘を飛び跳ねていた。
岩の上を飛ぶ二羽のワタリカラスのように遊んでいた。
それに二人は、ああ、読み書きもできたのだよ。
年上の沢山の人たちのようにね――彼が出て行く前夜に、
レナァッド！　のために
私は自宅で聖書を彼の手に持たせた。
生きていれば、

まだそれを持っているだろうという方に
二十ポンドを賭けてもいいよ。

レナァッド

この二人の兄弟は、お互いに
安らぎを得るまで生きられなかったようだがね。——

牧師

この谷間(たにあい)では
老いも、若きもみんな最期まで
生きることを望んでいます、
それに、私自身も、しばしば祈っています。

しかし、レナァッドが――

レナァッド

じゃあ、ジェイムスはまだ生きているのですね――

牧師

私が話しているのは兄の方です。
彼らには叔父（おじ）が一人いて、
その頃は繁盛していたよ、海外貿易でね。
この叔父がいなかったら、
今日までレナァッドは船に乗ることはなかっただろう。
彼はここでの生活を楽しんでいたからな。

まだ青二才の十二歳、
彼の魂は生まれたこの土地にあった。
だが、私が言ったように、老いたウォルターは衰え、
激しい荒波に立ち向かうことができなくなった。
彼が死ぬと、土地や家は売られ、かなりの数の羊や、
それに、私の知る限り、
千年もユーバンク家を養ってきたすべてを失った。
ああ――すべてがなくなり、無一文になった。
そこでレナァッドは、特に弟のためと思って、
海で自分の運命を試そうと決めた。
あれから十二年になるが、繁盛していた彼から便りがない。
レナァッド・ユーバンクがまた帰って来たと

村人が聞いたら、
大グラベルから[9]リーザ川の土手を下り、
さらにエナ川を通り、エグレモントに至るまで、
その日はお祭り騒ぎになるだろう、
それに空中に吊るしているあの二つの鐘——
だけどなあ、君！
これは悲しい話なのだが——
生きているにせよ、死んでいるにせよ、
彼のために鐘は鳴らないんだよ——
最後に聞いた噂では、レナアッドは
バーバリー海岸[10]でムーア人の奴隷になっていたそうだ——
心が少なからず折れたのであろう、

若者はひどく悲しんだろう――かわいそうなレナァッド！
別れる時、彼は私と握手して言った、
私は金持ちになって戻ります、
そして父の故郷(ふるさと)で
みんなと一緒に年をとりたい、と。

レナァッド
そんな日が来たら、
彼にとってこの上なくうれしいでしょう。
疑いなく、その時には、
彼と出会う人みんなと
幸せになるでしょう――

牧師
幸せにね――

レナァッド
彼の親戚はみんな死んで墓に入ったが、
弟が一人いたとおっしゃいましたね――

牧師
その通りですが、
悲しい話があるのです。
ジェイムスは若い時から、
病気ではないにしても虚弱だったので、

72

レナァッドがいつもそばにいて
いろいろ世話をやいていたから、
臆病とは言えないまでも、
山育ちのたくましさはいくぶんか持ち合わせていた、
だが、兄が船乗りになって一人になると、
頬（ほお）の色はだんだん悪くなり、
元気をなくし、まもなくやつれ衰えていった。

レナァッド
しかし、これらの墓はみな大人の墓でしょう！

牧師

その通りです、昔のことだが、
私たちが彼を家に引き取ったのです。
彼は谷間に住むみんなの子です――
彼はある家で三ヶ月暮らし、別の家で六ヶ月暮らし、
食事も、着る物も、愛情にも不足せず、
来る日も、来る日も、幸せに過ごしていた。
しかし、陽気な時も、悲しい時も、
いなくなった兄のことをずっと気にかけていた。
そして私たちの家に住んでいた時、
(この時まで彼の癖を知らなかったが)
しばしば、夜にベッドから起き上がって、
夢の中で歩き回わり、レナァッド兄(にい)さんを探していたので

――あなたは感動して泣いているようだね！
すまないことをした。あなたに話しかけるまでは、
あなたのことを大変不親切な人だと思っていた。

レナァッド

でも、この若者は
最後どうして死んだのですか？

牧師

十二年前のことだった、
春になった五月のある心地よい朝、
彼はたまたま用事があって、谷間のはずれの家に出かけ、

二、三人の友人と一緒に
産まれたばかりの仔羊の群れの中を歩いていた。
ジェイムスは、多分疲れていたのか、
それとも何かの原因で遅れたのであろう。
向こうに絶壁があるだろう――
あれは巨岩でできたビルのようだが、
谷間の真ん中から円柱のように建っている特別な岩がある、
それを羊飼いたちは大黒柱(ピラー)と呼んでいる。
そのてっぺんを指しながら、
みんなであそこを越えて、一緒に帰ろうと言ったが、
ジェイムスは、ここで待っていると言った。
みんなと別れて、仲間は越えて行き、

400

410

二時間ほどして、そこに戻ると
約束の場所に彼はいなかった、
誰もそのことを気に留めなかった。
しかし、夜になって仲間の一人が、
ジェイムスの家をたまたま訪れると、
その日ずっと彼は帰っていないことがわかった。
朝になっても、まだ彼の消息はわからなかった。
近所の人たちは大騒ぎをして、小川へ探しに行き、
さらに湖へも行った。昼前、あの円柱の岩の下で見つかったが、
手足が折れて、死んでいた。三日後、
私は可哀想な若者を埋葬したよ、
そこが彼のお墓だよ。

レナァッド

ではあれが彼の墓ですか！——死ぬ前に
彼は何年も幸せな日を過ごしていたとおしゃいましたね。

牧師

はい、その通りです——

レナァッド

すべてはうまくいってたんですね——

牧師

この若者は二十家（けん）に受け容れられていたよ。

レナァッド

では、彼の心は安らかであったのですね――

牧師

その通りです、亡くなるずいぶん前、
彼は時が悲しみを忘れさせてくれたと語った。
それにレナァッド兄(にい)さんの不運について考えない時は
楽しそうに兄のことをいろいろ話してくれたなあ。

レナァッド

彼は罪深い結末にならなかったのでしょうね！

牧師

そんなこと、とんでもないです！
不安と悲しみが彼を襲う癖をあなたに伝えたが、
私たちみんなの推測では、
その日は、暖かくなったので、草の上に横になり、
友達を待っているうちに眠ってしまった。
眠っているうちに、その崖の端まで行き、あの頂上から
真っ逆さまに落ちて、死んだに違いない。
その時、彼は両手に羊飼いの杖を
持っていたに違いない。
というのは、崖の中ほどに杖がひっかかっていて、
そこに何年もぶら下がったまま——そこで朽ち果てた。

牧師はここで話を終えた。
旅人は彼に感謝を述べようとしたが、
涙がとめどなく流れているのを感じた。
二人は黙ってそこを去り、教会の門まで来て、
牧師が掛け金を上げると、レナァッドは振り向いて、
墓を見ながら、「弟よ」と言った。
牧師にはその言葉が聞こえなかった。
それから、彼の家を指して、
一緒に食事しませんか、と丁重に誘った。
レナァッドは彼にとても感謝して、
今夜は静かなので、旅を続けますと言った。
こうして二人は別れた。

まもなくレナァッドは
木立が道の上に覆いかぶさっている所へ来た。
そこでちょっと立ち止まり、木の下に座って、
牧師が語ってくれたことすべてを回想していた。
若い頃の思い出が心に浮かんできた。
一時間前まで抱いていた希望や思い出が
すべて彼の心にずっしりと重くのしかかってきた。
この上なく幸福であったこの谷間は、
今は住むに堪えられない場所に思えた。
そうして、これまでの考えをすべて断念したのである。
彼はエグレモントまで旅を続けた。
彼はその夜、二人で話したことを思い出しながら、

そこから、牧師に手紙を書いた。
自分が誰であるかを、言わなかったのは
心の弱さからで、どうかお許し下さい、
と付け加えた。

この後、彼は船上にとどまって、
今は、白髪の船乗りになっている。

480

詩形：Blank verse

注

1（16行）・「エナデール」――Ennerdale. グラスミア（Grasmere）から西へ約二十五km北西にある Ennerdale Water の周辺の山間地。

2（21行）・「梳毛機」――cards. 毛並をそろえる梳き櫛、毛羽を立てる道具。「紡錘」spindle.

3（51行）・「緑色」（green）が一八四〇年版から「青色」（blue）に変える（*PW*, II, 467）。

4（61行）・〔原注〕「熱帯地方熱」――Calenture. この記述は、『ハリケーン』（*The Hurricane*, 1796）の著者、ギルバート氏（Mr. Gilbert, 1760-1825）による。散文のすばらしい文章のはっきりしない記憶で描く。

5（175行）・170行の次に一八〇五年版から1行「孤児なら母の墓は見付けることができないでしょう。」――An orphan could not find his other's grave. を追加している。

6（197行）・188行の前に一八〇五年版から「過去一六十年の冬の間」――For eight-score wiinters past. を追加している。

7（281行）・「この世という偉大な本」――the great book of the world. 「この世」は「自然」を意味し、「偉大な本」は「聖書」を表わす。（上島、Ⅱ、139）。

8（288行）・「熟した真っ白い木の実」――mealy clusters of ripe nuts. "Nutting" の詩に出る（拙訳『ワーズワス詩集2』を参照）。

9（336行）・〔原注〕「大グラベル」――the great Gavel 家の切妻（Gavel）に似ているから、そう呼ばれていると私は思うが、カムバーランド、エナデイル、ウォストデイルとボローデイル Cumberland, Ennerdale, Wastdale, and Borrowdale（dale は「谷」という意味）のいくつかの谷の頂上にある。リーザ川はエナデイルに注ぐ。その湖から流れると、名前は変わりエンド、エイン、あるいはエナ（the End, Eyne, or Enna）と呼ばれる。

10（345行）・「バーバリー海岸」――the Barbary Coast. アフリカ北部の地中海沿岸。当時海賊が頻繁に出るので有名であった。

解説

一七九九年十一月、ワーズワスはコールリッジ（Coleridge）を湖水地方へ案内した。エナーデイル（Ennerdale）に来た時、一人の農夫からこの悲しい話を聞いた。ボウマン（Bowman）という若者の転落死事件を元にしている。詩の中でボウマンはジェイムスとして描かれているが、ボウマンはレナァッド弟で、弟が転落死したというのはワーズワスの創作。レナァッドの心を動かしているのは弟への愛である。ワーズワスが自然風土の中で兄弟愛を描いているのは、「自然愛」から「人間愛」へと彼の思想的な変更を示す作品の一つと思われる。

5

「カムバーランドの老乞食、描写」
"The Old Cumberland Beggar, a Description"

ここで述べるような老乞食は、まもなくいなくなるであろう。貧しくて、たいていは年老いて病弱であり、ある決まった日に、近隣の限られた一定の地域で、いろんな家々を回って施しを受けていた。お金のこともあったが、たいていは食糧であった。

私は散歩中に一人の老人に出会った、
彼は道のそばのごつごつした低い石に座っていた、
その石は高い丘のふもとにあり、
馬から降りて険しい道を下る人たちが
難なく再び馬にまたがるための石だった。
老人は広い平らな積み石に杖（つえ）を置き、
村の奥さんにもらった
粉で真っ白になった袋から
パンのかけらを取り出しては、
まじまじと見ながら、
一つ一つ、ゆっくり、数えていた。
陽（ひ）をあびながら、

人の住んでいない荒涼とした丘に囲まれた、
小さな積み石の二段目に座って、
独り寂しく食事をしていた。
麻痺(まひ)している手から
パンのかけらをこぼすまいとするが、
いつもばらばらと地に落ちる。
だけど、山の小鳥は、たやすく得られる食べ物なのに
すぐにありつこうとはせずに、
杖の中ほどまで近づいて来た。

子供の頃から私はこの老人を知っている、
彼はとても年(とし)取っていた、今もそう見える。

放浪し続けている孤独な人で、見たところ頼れる人は誰もいない。

とぼとぼと馬に乗って行く旅人は、
施しを地面にぞんざいに投げないで、
老人のために立ち止まって、
帽子の中へ硬貨をきちんと投げ入れる。
それからそのまま立ち去るのではなく、
老いた乞食の方へ手綱（たづな）を向け
横目でちらっと見ては、ちょっと振り返る。

夏、通行料の番をする女は
門を閉めようとした時、
老いた乞食がやって来ているのを見て、

90

閉めるのを止め、
彼が通れるように、掛け金をはずす。

郵便配達の少年は、
森の小道で、ガタガタ音を立てる馬の車輪が
老いた乞食に近づくと、後ろから大声で呼びかけるが、
老人はそのまま進む。
そこで馬車のスピードを落として道の脇により、
ののしったり、腹を立てたりもせずに、
静かに通り過ぎて行く。

孤独な老人はさらに旅を続ける、

老(お)いても仲間は一人もいない。
彼の眼は地面に向き、
歩きながら、地面だけを見る。
野良仕事をする畑、丘や谷、
青空といったありふれた光景ではなく、
彼の眼に入るのは大地の一隅(ひとすみ)だけだった。
こうして、来る日も来る日も、腰をかがめ、
眼をいつも下を向き、
へとへとになりながら旅をする。
じっと見つめているのに、
藁(わら)や散らばった落葉(おちば)、
あるいは、荷車や軽二輪馬車の滑り止めピンの跡が

白っぽいわだちになって、
遠くまで同じように続いているのに気付かない。
かわいそうな旅人よ！
杖を引きずって行っても、夏の道に埃（ほこり）をたてない、
外観（みかけ）も動きもあまりに静かなので、
村の野良犬も、家の前を通り過ぎるまでは、
そっぽを向いて、吠えようともしない。
少年や少女たちも、ひまな人や忙しい人たちも、
乙女や若者たちも、新しく半ズボンをはかされたわんぱく小僧たちも、
みんな知らんぷりをして通り過ぎる。
ゆっくり進む馬車もみんな彼を追い越して行く。

しかし、この老人を役にたないと思ってはいけないよ。
——小地主たち[1]よ！　頭を休みなく働かせるあんたたち、
今なお箒(ほうき)を手に持って、厄介者(やっかいもの)を
追い払おうとするあんたたち、
誇り高く、威張っているあんたたち、
うぬぼれて、自分の才能、権力、知恵を誇っているあんたたち、
老人を社会のお荷物だと決めつけてはいけないよ。
神が創造した物[2]の中で一番劣ったもの、
最も卑(いや)しく野獣のような形のもの、
最も愚鈍(ぐどん)なもの、最も有害なものは、
善から切り離しては存在しないのだ、
善の息吹(いぶき)と鼓動(こどう)、生命(いのち)と魂とは

あらゆる生命体と不可分に結び付いているのが、　80
自然の法則というものだ。
こうして、家から家へと彼がゆっくり旅して行くうちに、
村人たちは過去の施しと慈善の奉仕とを結びつける証拠を見て、
不意に彼のことを思い出す。
そして、歳月が経(た)つうちに、
生半可な経験から生じる生半可な知恵が
感情をにぶらせ、
さらに、利己的となり忘れさせる方へと
次第に追いやっていく情け深い心情を
再びよみがえらせてくれる。　90
農場、孤独な家、村落、点在する村、

この老いた乞食が回って行く場所はどこであれ、
しきたり通りに施してくれる。
習慣は理性の働きであるが、
理性的に考えて慈善を行えば、その後に喜びが与えられる。
だから魂は、喜びの楽しさを追い求めなくても、
おのずと美徳や真の善へと無意識に進んでゆく。
立派な瞑想する心をもって偉業を成し遂げて
偉(えら)くなった人たちがいる。
彼らは喜びと幸せのおかげで
永遠に生き続け、広がり、輝き続けるだろう。
だが、こういう人たちも、子供の時、
この孤独な男、この困っている放浪者から、

貧乏と悲しみの世の中に似ていると思って
共感した最初のあのやさしい感じを
経験したことがおそらくあるだろう、
(これこそ、あらゆる書物や愛の強要よりも
はるかに貴重なのだ！[3])。
自分の家に座って、
緑の生垣から頭上にぶらさがって見える梨のように、
日光をあびながら食べているのんきな人も、
体のがっしりした若者も、
何も考えない金持ちも、
持家があって、親戚一同が暮らす小さな区域内で
繁栄している彼らも、

すべては、この老人を物言わぬ戒告者と見ているのだ。
それは老人だけが受ける恩恵や、
小作料などの特権や免除を
恵まれた人たちの心に思い出させて、
一時的な自己満足を与えているからだ。
そしておそらく、この老人は今の幸せを保ち、
しかも休息の期間を大事に使うのに必要な
忍耐と慎重さを誰にも教えないが、
少なくても、彼がそれを感じさせているのは
卑しい奉仕ではない。

しかしさらに――

98

立派な上品な生活を送っている人たちは
たくさんいると私は信じる、
十戒[4]を聞いても、やましい思いが全くない人たちは、
自分たちの住む国で道徳律を厳しく守る一方で、
親類や血縁の子供たちに
やさしく愛情に満ちた行いを怠らない。
このような人たちを褒めたたえよ、
彼らの眠りが平和であれ！
――貧しい人、ひどくみじめな人たちに、
悪い行いを冷静に自制し、
やむを得ず施しを受けることに、
人間の魂を満足させるものがあるのかどうかを

行って聞いてみなさい、
ない――人間は人間にやさしいのです。　140
最も貧しい人でも、生活に疲れきっていながら、
ある瞬間には少しの施しをした経験のある父親であり、
そのような人間であったと思ったり感じたりするのです。
親切を必要とする人たちに親切をつくす、
ただそれだけの理由で、私たちはみんな
同じ人間の心情を持っているのです。
――このような喜びを一人の親切な人、
私の隣人〔女性〕は知っている[5]。
毎週決まって金曜日が来ると
彼女自身も貧乏できゅうきゅうしているのに、　150

100

いつもの心遣いで、食料箱から気前よく一つかみ取り出して、
古い物乞(ものご)い用のずだ袋に入れてやる、
すると、ありがたそうにして家を立ち去る。
彼女は暖炉のそばに座って、
天国での希望を抱くのである。

だから、彼が通る時、祝福してあげよう！
なりゆきでこのようになったひどい孤独の中で、
彼は非難もされず、危害も受けず、
たった一人で呼吸し、生き続けていると思われる間は、
天の恵み深い法則が彼に与えている幸運を
もちこたえさせよう。

そして、彼の生命（いのち）があるうちは、
文字を知らない村人たちを
やさしい行いや物思いへと誘（いざな）ってもらいたい。
だから、彼が通る時、祝福してあげたい！
彼が旅している限り、谷間の新鮮な空気を吸（す）わせ、
彼の血液を霜や雪と戦わせよう、
ヒースを吹きまくる気まぐれな風には
老人のしわだらけの顔に白髪を吹きつけよう。
彼の心に最期の人間的興味をいだかせる願望、
それを尊敬してあげよう。
誤（あやま）って「勤労」と名付けられた家[6]が
彼を囚人にしないように。

あの閉じ込められた騒音、
空気を閉じ込める、あの命を消滅させる騒音の代わりに、
老年の自然の静けさが彼にありますように。
山の孤独を自由に歩かせよう、
森の小鳥の楽しいさえずりを
聞こえても聞こえなくても、彼のまわりに聞かせよう。
彼の楽しみは少ない。
今や大地と長い間親しんできた彼の眼は、
地平線に昇ったり沈んだりする太陽をもう眺められなくても、
少なくとも光だけは
けだるい眼に差し込んで欲しい。
そして彼の望む場所で、望む時に、

木の下や公道のそばの草の土手に座って、
たまたま集めた食べ物を小鳥たちと分け合い、
最期に、自然に見つめられている中で彼は生き、
自然が見つめる中で彼を死なせてあげたい。

詩形：Blank verse

注
1 （69行）・「小地主たち」――statesmen. 'statesman' には「政治家」という意味もある。
2 （75行）・「神が創造した物」――『旧約聖書』の「創世記」。

3（107－108行）・「あらゆる書物……よりもはるかに貴重なことなのだ！」――ワーズワスは「本を捨て……自然を教師とせよ」（"The Tables Turned", 1798）と言っている。

4（129行）・「十戒」――Decalogue. モーセがシナイ山にて神から与えられた十の戒律（例えば、主が唯一の神；偶像崇拝禁止；安息日を守ること、など）。『旧約聖書』の「出エジプト記」「申命記」。

5（148行）・「私の隣人〔女性〕は知っている。」――to one kind Being known My Neighbour. 一八〇五年版から',My neighbour,' の前後にコンマ（,）があるから、読者への呼びかけに変更されている。

6（172行）・「『勤労』と名付けられた家」――「救貧館」（Work House）のこと。一七七〇年代に「救貧法」（Poor Law）の一部が改訂され「救貧館」が設立された。老人や失業者を「救貧館」に押し込めようとしたり、資金の配分が悪いとワーズワスは言って起こり、「救貧法」に反対した。

解説

ワーズワスは「救貧法」に反対してこの詩を書いた。彼は若い頃から老人に非常に関心があった（例えば、蛭採り老人を描いた「決意と独立」があり "Resolution and Independence", 一八〇二年創作）。老人の忍耐力に彼は注目している。しかし、この詩では老人を強調するあまり、しつこさや説教的な所があり、理解しにくい部分がある。ラム（Charles Lamb, 1775-1834）は「まるで講義しているようだ」と言う（*Moorman*, I. 313）。

6

〔参考〕（思想に関係する詩）

「ティンタン僧院」

"Tintern Abbey"

〔正式な題名〕

「旅行中にワイ川の土手を再訪した時、ティンタン僧院の数マイル上流で書いた詩章」"LINES written a few miles above Tintern Abbey, On revisiting the banks of the WYE during a tour, July 13, 1798"

あれから五年が過ぎ去った。五度の夏が、
五度の長い冬と共に！
そして再び、あの山奥の泉から
静かなせせらぎを立てながら流れ出て来る
川の瀬の音を私は聞いている[1]。
――再び、人里離れた遠い地で
さらに深い僻地（へきち）の感を心に刻み
この険しく高い断崖を私は眺めている。
それはあたりの景勝や静かな空と調和している。
この暗い大楓（オオカエデ）[2]の下で
私はここに再び憩（いこ）い、
農家の地面やあの果樹園の茂みを眺める

その日がやって来た。
この季節には、実（み）は熟さず、
森か雑木林か区別のつかない、緑一色に包まれた
あの生垣（いけがき）を、いや生垣とは言えないものを、
たわむれに生い茂った低木の小さな列を
再び眺めている。
家の戸口まで緑一色のあの牧草地を、
また森と雑木林の間から、
立ち昇る煙の輪が――、
それは森に住む家のない放浪者の煙か、
あるいはたき火のそばに独り座わる隠者の洞窟[3]から出る煙か
いずれか、定かでないにしても、

静かに、登って行く煙かと思われる。

　　久しく訪れなかった間も、

このすばらしい自然の姿は、私にとって、

盲人には見えないうつろな風景とは違っていた。

しばしば、寂しい部屋で、

都会の騒音の中で、疲れた時、

血肉に滲（し）み入り、心情を呼び覚まし、

純粋な精神に入りこみ、

静寂の中に心を癒（いや）す

あの美しい自然の姿のおかげなのだ。

——それは今では忘れている昔の喜びの感情、

善人[4]の生活のあの最良の部分に〔働きざかりに〕
わずかな、とるに足らない、覚える必要もない
親切や愛の行為に、少なからず影響を与えるようなもの、
いや、それにも増(ま)して、その感情に、一層崇高な賜物を
私は恵まれたかもしれないと信じる。
あの神秘の重荷が、
すべて不可解なこの世界の
重く煩わしい重圧が、
軽減された時のあの幸福な気持ちを
——愛情が静かに私たちを導き、
ついには、この肉体の呼吸が、
血の動きさえもがほとんど停止して、

肉体は眠りにおちいり、
私たちは生き生きとした一つの魂となる。
そのうち、調和の力と深い喜びの力とによって　50
静かな安らかな眼(まなこ)で
万物の生命を洞察するのだ[5]。

　　たとえこれが
空しい信念であるとしても、
ああ！　何としばしば、暗い夜に、
喜びのない真昼の間に見る
さまざまの形の中で、
無益ないらだちや、熱病に苦しむこの世の現実が

私の心臓の鼓動にのしかかってきた時、
おお、林の間を流れて行くワイ川よ！　森をさまようものよ、　60
心の中に、私はお前をいくたび求めたことであろう！

そして今、半ば消えかかった心の輝きで、
朦朧（もうろう）とかすむいろんな回想をして、
ちょっととまどいながら
私がここに佇（たたず）んでいる間にも、
今の喜びばかりでなく、
この瞬間にこそ、未来のための生命（いのち）と食べ物があるという
楽しい思いが湧き出て、
心の風景が再びよみがえってくるのだ。

私はそうあってほしいと望む、
初めてこの山間へ私がわけ入った時とは
確かに、今の私とは違うにしても、
あの頃は、自然に導かれるままに、
山々を、深い川のほとりを、
そして寂しい小川のそばを
小鹿[6]のように私は飛び回った、
愛するものを求めるよりは、
恐ろしいものから逃げて行く人のようだった。
というのも、あの当時、自然は
(少年の日々の荒っぽい喜びと、
あのうれしい動物的な活動期はすでに過ぎ去っていたが)

70

80

私にとっては、まさにすべてであった。
──その頃の自分の姿を描くことはできない。
とうとうと響く瀑布は
情念のように私につきまとい、
高い岩、山、深く小暗い森、その色、その形は
当時の私には心をそそられる一種の欲情を感じさせた。
それは思想が生み出す高遠な魅力を必要とせず、
あるいは感覚からは借りない精神的な感興も必要とせず、
なまの感情であり、愛でもあった。
──あの時代はもう過ぎ去ってしまった、
心が痛む喜びも、眼がくらむ狂喜も
すべて消え、今はない。

だからと言って、私は落胆もせず、嘆きもせず、不平も言わない、
それに代わる賜物（たまもの）に恵まれたからだ、
喪失を補うに十分な償いがあったと私は信じる。
というのも、若くて向こう見ずな少年の頃とは違い、
騒がず、軋（きし）まず、清め抑える力のゆたかな、
人間愛あふれる静かで哀しい音楽をしばしば聞きながら、
自然を見る眼を私は学んだからである。
そして高められた思想の喜びをもって
私の胸を打つ一つの存在[7]を感じたのだ。
それは遥かに深く心に浸み込んだ崇高な感情であり、
その棲家（すみか）は、沈んでゆく太陽の光であり、
丸い海原（うなばら）、新鮮な空気、青空、

そして人間の精神の中にあり、
考えているものすべて、考えられるものすべてを駆り立てて、
すべてを動かす力と精気を感じたのだ。
それだから、私は今でも牧場を、森を、山を愛す、
この緑の大地から見えるものすべてを愛す。
眼と耳による力強い世界、
眼と耳が半ば創造し[8]、半ば感受するものを愛す。
自然と感覚の言葉の中に
最も純化された私の思想の錨(びょう)[9]、
乳母(うば)、案内者、私の心の守護、
そして私という精神的な存在のすべてを、
この上なく喜んで認めるのだ。

　また、おそらく、
そのような教えを受けなくても、
私のうれしい気持ちを落ち込ませることはないだろう。
というのも、ここ、この美しい川岸に
お前[10]と一緒にいるからだ。
懐(なつ)かしい最愛の友よ、
私の懐かしい、懐かしい友よ、
お前の声に私は過ぎし日の自分の言葉を聞き、
お前の野性的な眼光の中に
かつての私の喜び[11]を読みとるのだ。
ああ！　愛する妹よ！　しばらくの間、
かつての私の姿をそなたの中に見たいのだ。

120

そして自然を愛する者の心情(こころ)を　130
自然は決して裏切らないことを知っているが故に
私はこのように祈るのだ。
私たちの生涯を通して、
喜びから喜びへと導いていくのが自然の恩恵なのだ。
それは、私たちの心の奥に霊感を与え、
静けさと美しさとを印象づけ、
高慢な思想をもって培(つちか)い育て、
だから悪口雑言(ぞうごん)も、軽率な判断も、利己的な人の嘲笑(ちょうしょう)も、
心にもないお世辞も、日常生活のわずらわしい交わりも、
私たちを傷つけず、愉(たの)しい信念を乱さず、　140
見るものすべてが恩寵に満ちるからなのだ。

だからこそ、妹よ、ひとり寂しく歩むお前の上を
月の光が照らしてほしい、
霧深い山風がお前に自由に吹いてほしい。
そして、後年になって、
この狂おしい恍惚感が、落ち着いた喜びとなって円熟する時、
お前の心が
すべての美しい姿を迎える館(やかた)となる時に、
そうだ、お前の記憶が
美しい音と調和のすべてを受けいれる住み家となる時に、
ああ！　その時、孤独、恐怖、苦痛、悲しみが
お前を襲うことがあっても、
やさしい喜びの心を癒(いや)す思いをもって、

私を思い出すだろう、私のこの勧告を！
いやおそらく、私がお前の声を聞けない所へ逝(ゆ)き[12]、
お前の狂おしい眼(まなこ)が
かつての私と同じ眼の輝きをとらえられなくなっても、
その時、お前はこの快い流れの土手に
二人で立ったことを忘れないであろう。
私は非常に長い間、自然の崇拝者として、
その崇拝に飽(あ)きるどころか、
むしろ一層温(あたた)かい愛情を抱いて、
ああ！　一層清い、愛という熱情にかられて、
お前はここまでたどって来たこと、
そしていろいろ旅した後、

久しぶりに訪れた、このけわしい森や切り立った断崖、
この緑の田園の風景は、
私には、それ自体貴(とうと)いだけでなく、お前がいてくれたために、
いっそう懐かしいものになったことを
忘れないであろう。

170

詩形：Blank verse

注

1（5行）・「私は聞いている」――〔原注〕この川はティンタンの数マイル上流では潮の影響を受けない。

2（10行）・「大楓（オオカエデ）」――sycamore. アメリカでは「スズカケ」と言う。

3（23行）・「隠者の洞窟」――hermit's cave. ワーズワスが『逍遥』（*The Excursion*）に出る場面を想像しながら書いたと思われる。

4（36行）・「善良な人」――ワーズワスを指す。

5（52行）・「万物の生命を洞察するのだ」――自然との交感によって、神秘的恍惚感（喜びや愛など）を感得すること。

6（76行）・「小鹿」――roe. ノロジカ。

7（102行）・「一つの存在」――A presence.「一つの存在」とは、幻視すなわちヴィジョンを意味する。これは感覚的な次元を超えた不変なる実在で、「崇高」、「美」、「愛」などを彼の心にもたらすもの。'Being' と同じ意味である（『序曲』（*The Prelude*）、Ⅱ）。（拙著『ワーズワスの自然神秘思想』、第一章を参照）

8（112行）・〔原注〕「半ば創造し」――half-create. この行は〔エドワード〕ヤングのすばらしい行に似ているが正確な表現は思い出せない。

9（114行）・「錨（びょう）」――anchor. Coleridge（1772-1834）の好きな言葉。

10（122行）・「お前」――thou. ワーズワスの妹（Dorothy, 1771-1855）のこと。兄妹は別々に住んでいたが一緒に住みだしたので、「懐かしい」と言っている。

11（127行）・「かつての私の喜び」――「私の少年時代の粗暴な喜びや、あのうれしい動物的な活動」（78～79行）を指す。

12（155行）・「聞けない所へ逝（ゆ）き」――死後の世界、すなわち「第一の世界」。

解説

この詩はワーズワスの幼少時代の精神の成長を知る重要な詩の一つである。彼は一七九三年の夏、一人でワイ川（the Wye）渓谷にある「ティンタン僧院」を訪れた。そして五年後の一七九八年、妹と一緒に再訪した。しかし、この詩には「僧院」に関する言及はない。その理由を考える研究者もいる。

「僧院」の上流で作詞しているので、情緒的に共鳴しながら、彼の心境を伝えようとした。後半に妹が登場するが、兄は精神的に成長しながら、自然への愛を深めることを妹に勧める。

おわりに

自然の中に畏怖や神秘を感じさせる「何かが存在する」と考えたワーズワスは、それを探究すれば、人間性の根源がわかると考えた。彼は二十八歳(一七九八年)になった時、「自然を教師にせよ」('Let Nature be your teacher', "The Tables turned") と言った。こういう考えは当時のイギリスにはなかった。それ以前、十六世紀後半から、十七世紀初頭のルネッサンス時代、古典主義時代、例えば、Shakespeare (1564-1616)〔徳川家康 (1543-1616) の死亡年と同じ〕の頃には、自然に悪霊がいるから、自然の中へむやみに入ってはいけないと考えられていた(ワーズワス詩集I、を参照)。そして十七世紀後半から十八世紀になると、人間は自然を理性的に考えるようになり、「理性の時代」とか、「擬古典主義時代」とか言われ、詩の創作には「詩語」(poetic diction) を使用しなければならなかった。そのような伝統的な教育をワーズワスたちは学校で教えられた。

それに反発したワーズワスとコールリッは、手に手を携えて『抒情民謡集』を発表し、「ロマン主義時代」の幕開けとなった。それにしても、彼は「自然」について述べているのに、なぜ「自然主義時代」ではなく「ロマン主義時代」と言われるようになったのか。そのいきさつを述べたい。

アメリカ文学で一九〇〇年前後に、クレイン（S. Crane, 1871-1900）やドライサー（T. Dreiser, 1871-1945）などが主張した「自然主義時代」と関係がある。アメリカの「自然主義」は、人間は自分の自由意志によって運命が決められるのではなく、遺伝（現在のDNA）や環境によって決められるという決定論的な思想があった。

その頃のイギリスでは、まだ「湖水派の詩人たちの運動」と言われていた。「ロマン主義時代」と言われるようになったのは、アメリカの「自然主義」より後に付けられた名称である。つまり、先を越されたわけである。アメリカの「自然主義」との混乱を避けるために、イギリスでは「ロマン主義時代」と言われるようになった。

彼と妹ドロシーは、幼少期に両親が亡くなったのを期に別々に住んでいた。二人が一緒に住み始めたのは一七九五年で、南部ドーセットシャー（Dorsetshire）のレイスダウン（Racedown）であった。

その後、二人は一七九九年十二月二十日、イギリス北部カンバーランドのグラスミア（Grasmere）にある「ダブ・コテッジ」（Dove Cottage）に住み始めた。

詩を通して人間性の向上やより良い社会を造るための努力をする。その時の彼のモットーは「質素な生活と高尚な思想」（Plain living and high thing）“O friend! I know not which way I must look”（初行、一八〇二年創作）であった。（日本でもこの言葉を座右の銘としている人々も多い。）

当時、イギリス北部では、囲い込み運動によって土地を奪われた農民たちが貧しい生活を送っていた。そんな中で、彼は質素倹約をしながら、'The Child is Father of the Man'「三つ児の魂百まで」と言って、イギリスを「千年王国」を目指した詩人である。

なお底本として、『ワーズワス詩集2』と同様、W. Wordsworth, *Lyrical Ballads, with Other Poems.* In Two Volumes (London: Printed for T. N. Longman and O. Rees Paternoster-row, by Biggs and Co., Bristol. 1800) の初版を使用した。

既刊目次

原田 俊孝（はらだ としたか）

一九四一年 岡山県に生まれる。
一九七〇年 同志社大学大学院文学研究科修士課程（英文学専攻）修了。
博士（英文学）（同志社大学）。
広島経済大学専任講師、滋賀大学経済学部助教授、教授を歴任。
広島経済大学在任中、コーネル大学（米）にて資料収集。
滋賀大学では文部省在外研究員としてリバプール大学（英）でロマン派研究。
イギリス・ロマン派学会会員。

〔著書および翻訳書など〕
恋愛詩物語『愛の炎泉』（昭英社、一九七一）、
『ワーズワスの初期の神秘思想』（滋賀大学経済学部研究叢書、第11号、一九八五）、
『ワーズワスの自然神秘思想』（南雲堂、一九九七）、
『日本におけるワーズワス文献 1871～1981』（桐原書店、一九九〇）、
『日本におけるワーズワス文献Ⅱ 1982～1991』（京都修学社、二〇一三）、
『イーノック・アーデン』（成美堂、二〇〇七）、
『ワーズワス詩集1 抒情民謡集』（大阪教育図書、二〇一七）、
『ワーズワス詩集2 抒情民謡集』（大阪教育図書、二〇一九）

ワーズワス詩集 3　短編物語
ワーズワスとコールリッジ作『抒情民謡集』（第二版 1800 年）

(*Wordsworth's Poetry 3 Short Tales Wordsworth and Coleridge, Lyrical Ballads, 1800*, second edition, compiled and translated by Toshitaka Harada)

2024 年（令和 6 年）3 月 25 日　初版第 1 刷発行
編訳者　原田 俊孝
発行者　横山 哲彌
印刷所　岩岡印刷株式会社

発行所　大阪教育図書株式会社
〒 530-0055　大阪市北区野崎町 1 -25
TEL. 06-6361-5936
FAX. 06-6361-5819
振替　00940-1-115500
Email: daikyopb@osk4.3web.ne.jp

ISBN 978-4-271-31042-6 C0098　落丁・乱丁本はお取り替えいたします。